D1665146

Der schneeweiße Handschuh

Ein ukrainisches Volksmärchen
nacherzählt und illustriert von

JAN BRETT

Deutsch von Gisela Fischer

Boje Verlag Erlangen

CIP-Titelaufnahme der Deutschen Bibliothek

Brett, Jan:
Der schneeweiße Handschuh : ein ukrainisches Volksmärchen
/ nacherzählt und ill. von Jan Brett. Dt. von Gisela Fischer. -
1. Aufl. - Erlangen : Boje-Verl., 1991
ISBN 3-414-81771-3

Mit besonderem Dank an meinen
ukrainischen Freund Oksana Piaseckyj

Zweite Auflage 1992
Alle deutschsprachigen Rechte: Boje Verlag GmbH, Erlangen 1991
© für die deutsche Übersetzung: Boje Verlag GmbH, Erlangen 1991
Titel der Originalausgabe: The Mitten
Erschienen bei The Putnam & Grosset Group, New York, 1989
© Text und Bild: Jan Brett
Übersetzung: Gisela Fischer
Satz: Pestalozzi-Verlag, Erlangen
Druck: Pestalozzi-Verlag, Erlangen

Printed in Germany

ISBN 3-414-81771-3

Für Sylvia Kyle, Ruth Ann Johnson,
Rebecca Lim und Tad Beagley

Es war einmal ein Junge, der hieß Nicki. Er wünschte sich ein Paar
neue Fausthandschuhe aus Wolle, so weiß wie Schnee.

Zuerst wollte Baba, seine Großmutter, ihm keine weißen Handschuhe stricken.

„Wenn dir einer in den Schnee fällt", sagte sie, „wirst du ihn nicht wiederfinden."

Doch Nicki wollte unbedingt schneeweiße Handschuhe haben,
und schließlich strickte Baba sie ihm.

Als die Handschuhe fertig waren, sagte sie: „Wenn du nach Hause kommst, werde ich zuerst schauen, ob du heil und gesund bist, und dann aber, ob du deine schneeweißen Handschuhe noch hast."

Nicki zog los. Und es dauerte gar nicht lange, da fiel einer der neuen Handschuhe in den Schnee, ohne daß Nicki es merkte.

Ein Maulwurf, müde vom Tunnelgraben, entdeckte den Handschuh und kroch hinein. Es war warm und gemütlich darin, auch die Größe paßte, und so beschloß er zu bleiben.

Ein Schneehase kam angehoppelt. Er hielt einen Augenblick an, um sein Winterfell zu bewundern. Da entdeckte er den Handschuh. Rückwärts, mit den Hinterbeinen zuerst, zwängte er sich hinein. Der Maulwurf meinte, daß für zwei in dem Handschuh kein Platz wäre. Doch als er die kräftigen Hinterläufe des Hasen sah, rückte er zur Seite.

Gleich darauf kam ein Igel schnuppernd daher. Er hatte den ganzen Tag unter nassen Blättern etwas zum Fressen gesucht. Nun beschloß er, in den Handschuh zu schlüpfen und sich aufzuwärmen. Der Maulwurf und der Hase wurden gestoßen und angerempelt. Doch mit jemandem, der solche Stacheln hatte, wollten sie nicht streiten. Und darum machten sie ihm Platz.

Der zappelnde Handschuh hatte die Aufmerksamkeit einer großen Eule erregt. Und kaum war der Igel darin verschwunden, kam sie vom Baum heruntergeflogen. Als sie beschloß, ebenfalls in den Handschuh zu schlüpfen, murrten der Maulwurf, der Hase und der Igel. Doch dann sahen sie die scharfen Krallen und ließen die Eule schnell herein.

Durch den Schnee näherte sich ein Dachs. Er betrachtete den Handschuh und begann hineinzukriechen. Dem Maulwurf, dem Hasen, dem Igel und der Eule gefiel das gar nicht. Es war kein Platz mehr. Doch dann sahen sie die starken Pfoten und fügten sich.

Es begann zu schneien. Den Tieren machte das nichts aus, sie
hatten es gemütlich in dem Handschuh, und eine Wolke von
Wärme stieg davon auf. Ein Fuchs, der gerade vorüberging, blieb
neugierig stehen. Schon der Anblick des warmen behaglichen
Handschuhs ließ ihn schläfrig werden. Er steckte seine Schnauze
hinein. Sobald der Maulwurf, der Hase, der Igel, die Eule und der
Dachs die blitzenden Zähne sahen, machten sie reichlich Platz für
den Fuchs.

Ein großer Bär kam schwerfällig daher. Er lugte in den prall gefüllten Handschuh. Und weil er nicht im Kalten bleiben wollte, bahnte er sich mit der Nase einen Weg hinein. Die Tiere wurden fest aneinander gequetscht. Doch welches Tier würde sich wohl mit einem Bären anlegen?

Der Handschuh schwoll an und dehnte sich. Er wurde gezogen
und ausgebeult; er wurde immer länger und weiter. Doch Babas
Gestricktes hielt stand.

Eine Feldmaus, nicht größer als eine Eichel, kam daher. Sie machte es sich auf der Nase des großen Bären bequem.

Die Schnurrhaare der Maus kitzelten den Bären, so daß er heftig
niesen mußte.

Haaaaa-haaaaa-haaaaa-tschi!

Er nieste so stark, daß der Handschuh hoch in die Luft schoß und
die Tiere in alle Richtungen davonflogen.

Auf dem Heimweg sah Nicki aus der Ferne etwas Weißes, das sich vom blauen Himmel abhob. Es war der verlorene Handschuh.

Als Nicki losrannte, um den schneeweißen Handschuh aufzufangen, sah er Babas Gesicht am Fenster. Zuerst schaute sie, ob er heil und gesund war, und dann, ob er seine neuen Handschuhe noch hatte.